歌集

日向に座る

宮本加代子

砂子屋書房

＊
目次

I

Ⅳ

装本・倉本　修

歌集　日向に座る

亡き夫　稔にささげ
二人の息子とその家族のために

I

雲の家族

青空に鯨の群れのごとき雲 雲にも雲の家族あるらし

完熟の蜜柑のごとき満月を空に残してトンネルに入る

藍色のおほいぬのふぐり咲きそめぬ昨夜の雪ののこる日だまり

人麻呂も茂吉も食みしかこの鮎は江の川の鮎まことにうまし

てのひらにアンモナイトを遊ばせて火星の空の色思ひをり

シンガーミシン

東京は大雪といふナイトジョッキー聴きつつ子への荷造りをする

子の暮らす高円寺の街かの路地の豆腐屋のラッパを突然思ふ

捨てきれぬ物のひとつに長崎の坂のホテルで買ひしぶち独楽

冬となる夜のハイウェー雨霧が出たねとかたへの人がつぶやく

こまにしき帯ときをれば匂ひくるこの残り香はひのきの香り

きのふもけふも来る人のなしわが庭の緋寒桜の花は咲けども

昨日よりかなしみつのるこの夕べ蝶が羽化するわれのめぐりに

縁側でシンガーミシンを踏みてゐし母の耳には白い補聴器

見るたびにわが体型はゴーギャンの「かぐわしき大地」の女に似てくる

さみしいときは何となく来るこの入江小さく灯して船が出でゆく

歩く人

「ひまわりがアクロポリスに咲いてたよ」たつた二行の息子の葉書

風呂敷に一升壜を包み持つ格好もよし坂本信幸先生

待ち合はせの高田馬場の雑踏に夫と息子が駆け寄りて来る

銀座「くじら」で食べし鯨のステーキは学校給食の鯨にあらぬ

本当は並んで歩きたい新宿を子の背を見つつ付いて行くなり

ロダン作「歩く人」にもわたしにも春の光はやはらかく差す

歩くことに少し疲れて神保町喫茶店「ゴドー」で珈琲を待つ

一枚の絵があるのみの息子の部屋「群像」の締め切り日が太く書かれて

さりさりと歯ブラシの音させながら息子が返事する朝の電話に

高田馬場の息子の下宿の本棚に忘れて来たる銀の耳掻き

八重干瀬の海

若夏の風に吹かれて飛んでゐる八重干瀬の上の白き海鳥

琉球の珊瑚礁には水しぶきあげつつ泳ぐジュゴンがゐると言ふ

若夏の八重干瀬の海よ風に散る花のやうなるコバルトスズメ

空一面のこぼれむばかりの星々よ八重干瀬はもう消えただらうか

沖縄より届きしさざえを焼く夕べ元気にしちよるかと言ふ声がする

ジグソーパズル

モナリザのジグソーパズル口元のピースなくしてもう笑へない

路地裏の民芸館へと続く道だれも知らないこの道がすき

朝に夕に眺むる石の橋の上今朝は老人がゆつくり渡る

曲水より靄立ち上り飛び石を踏むとき芝を焼く匂ひする

青柳町

函館の青柳町に立ちゐるは土管のやうな真つ赤なポスト

酒もちて共に飲まむと訪ね来ぬ立待岬の啄木の歌碑

「人生は二位以下がよし」と歌を詠む高野公彦われは親しも

ぜいたくな贅沢な今の気持ちです袋の中の焼き芋にほふ

父の日記

草むらの鳴くことのなきこほろぎよ密かに父の春画を見たる

すね毛すら見せたる事のなき父が今はしづかに背を拭かせをり

帰つてこい我慢するなと会ふたびに言ひたる父よ病みて横たふ

モルヒネをまたも欲しがり怒鳴る父にうちもう知らんと言うて哀しき

畳替へされたる客間に昏睡の父が最期の父の息する

残されし父の日記にわが生《あ》れし夜の三日月が美しとあり

野焼き

手塩にかけ来たりしものを思ひをりふたりの息子とこの床柱

休日の子のゐる二階ときをりにことりことりと物音がする

冬日さす無人駅なりベンチには未だ新しき座布団がある

ニューヨークの崩壊のビルの土を混ぜ目元やさしき土偶を焼きぬ

波のなき入江にわれを待つごとく小舟が月に照らされてゐる

雪の夜を駅に降りたり肩つつむ黒きショールを電車に忘れて

あづさゆみ春の朝を雪が舞ふ神道山なりほととぎす鳴け

桃色の踊子草の花の上に身重の犬がのつたりと臥す

清らかに生きてゐるとは思はねど擂り鉢でつぶす豆腐の白さ

嘘すこしそれぞれに持つわが家族が北京ダックをもの言はず食ふ

野焼きにて焼きたる素焼きの大皿にもぎたての茄子トマトを盛りぬ

卓上の小さき時計が空をゆく夜間飛行機と刹那引き合ふ

ドクターヘリ

雨もよひの夕べの空にぐらりと傾ぎドクターヘリが飛び発ちてゆく

行きて見む木地師の里といふ村へ道辺の地蔵に花ふぶくころ

徴兵をのがれし父を思ひをりさくらの花の帯しめながら

鮮らけき轍のあとを縫ふやうに一文字せせりがゆらゆらと飛ぶ

たよりなくしかも奇跡のごとくにして雨夜をひとつ蛍あらはる

月明かりの海面に浮く大海月水ゆらすともなく笠をひらきて

記憶喪失

記憶喪失となりたる父が真面目なる男の顔にてわれにもの言ひし

五十代半ばに逝きし父がきて風邪を引くなというて去にたり

朝明けに樫の病葉掃きながら昨夜の諍ひを思うてゐたり

わがためよ子犬のためよと朝毎に散歩するなり火の見櫓まで

休館の大原美術館の石段をのそりのそりと猫が降りくる

鴨南蛮の甘きをゆつくり飲み下しわれは次第に癒えてゆくらし

山裾の家群を照らす夕光を見てをりわれもかたへのひとも

さくら鯛大漁といふを聞きながら通生《かよふ》の岬に海を見てゐる

盛り塩の置かれし蕎麦屋ゆふぐれを打ち水をする女がひとり

子犬を連れて

蜻蛉飛ぶ朝ふたりの家族置き子犬を連れて飛行機に乗る

網の目のごとくに水脈のあと見せる東京湾を見下ろしてゐる

羽田よりレンタカー走らす首都高速東京湾がつかのま青し

観音崎三浦崎より茅ヶ崎へ相模湾には鷗も見えぬ

ご機嫌の悪きことよと思へども男の理不尽うつちやりおかむ

しづかなる航空公園コンビニのおむすびだけのわれの夕食

四季の花

四季の花を花壇に咲かす体力をしばらくの間わたしに下さい

娶らぬを憂ひてをれどこの息子器用に大根をざくざく下ろす

一万円札の福沢諭吉に似し父が昨夜の夢に何かを怒る

この世にて最も古い果樹といふ無花果の実が何よりも好き

毛布の中に入り来し犬のあたたかき腹にふれつつ眠りに入りぬ

地下街を行くをみならのジーンズの尻のかたちのいづれもよろし

オカリナの店に客なくふとつちよの主がひとりオカリナを吹く

ゑびす通りの草履屋の奥では小柄なるおかみが赤い鼻緒すげをり

花街が通学路なりしこの道にあのころと同じ侘助の花

三井楽の海

雲を灼き昇る朝日に対きて思ふ今日だけ主婦を忘れてみよう

五月五日閉店となる三越にて越後屋以来の帯締めを買ふ

瀬戸内の渚に小石拾ひつつこの海に続く三井楽思ふ

曳かれゆくタンカーが島の影に消ゆ通生《かよふ》の沖のゆふぐれの海

イルミネーションに飾られてゐる駅前に行灯ともれど易者が見えぬ

月の夜の後楽園に山形由美のフルート聞きをり八木信子さんと

II

ブリキのちり取り

新しきブリキのちり取り手に軽く今朝譲り葉の葉を掃きよせる

夢の中に虎魚のやうなる犬がきて遠慮ぶかげに母さんといふ

出航する船の汽笛が聞こえきて夜を熟れゆく白桃ふたつ

五代目の鳶の頭が今日もまた茶髪の婿を怒鳴り散らしをり

棟上げの梁打つ鎚の音のして檜木の香りが漂ひてくる

腰袋下げたる女の大工さん大屋根の上を軽がる歩く

小渋江

遠い遠いむかしに地図から消えゆきし小渋江といふわたしのふるさと

市役所の広場に立てる少女の像の三つ編みの髪をしぐれが伝ふ

ただむきをかき抱かれしもはるかなり芽吹く水仙の葉のみどりいろ

庭にある身の丈ほどの大甕がふたつに割れたり神の仕業か

母の形見の勾玉型の補聴器に天窓よりの光が伸びる

映画館の閉館の挨拶のその横にポスターの片岡千恵蔵が笑ふ

「あるときは片目の運転手」幼日に父と観たりし片岡千恵蔵

夜光虫すくうて遊びし海岸に銀河は今夜も耀きてゐる

ヴェルレーヌの詩集より落ちし栞には十五のわれの落書きがあり

あなたのことが不意に思はるるこの夕べあやめの花を茶室に活けよう

肩に子を乗せて雑踏の中をゆく君を見たるは菜の花のころ

「惚れるなよ」と欅にかかるぶらんこを空に向かひて漕ぎし人はも

休日の青陵高校グラウンドにボール蹴る音ボール打つ音

さくらの苗木

火星には水あると聞けば行きたかりさくらの苗木一本さげて

何も聞いてゐないのに聞くふりをする夫と向かひあひ味噌汁啜る

ひとの言葉にほとほと心萎えし夜は野鳥図鑑の鳥の声きく

乗鞍のポスト

日本一の高所に置かれし乗鞍のポストに葉書一枚落とす

奥飛騨の鰤街道を登りゆくむかしの歩荷《ぼっか》の話聞きつつ

野麦とは熊笹のことと聞きながら野麦峠を越えゆかむとす

高原のキャベツ畑を横切るは廃線となりし草軽鉄道

軽井沢大学村の散歩道「谷川」と読める古い表札

北ウイング到着ロビーの喫煙所たれも無口に煙草をふかす

「のぞみ」にてはすかひの席の高倉健黒い帽子を目深にかぶり

笛ふくひと

夕べ重くタンカーがゆく沖合より水脈ひき小船が近づきてくる

湖《うみ》の辺の笛ふくひとに乙女子が近よりてゆく日の暮れかたを

笛の音が止んで湖には音もなく白鳥が動く二羽また三羽

転移せし癌ことごとくやつつけると妹が書く遺書の明るさ

岩盤浴の十のベッドにさまざまな形の女の足裏がみゆ

ボローニャは八月

いますぐにこの向日葵を見せたいと伝ふる夫よボローニャは八月

奥様はお酒がお好きと保険屋が一升さげて門口に立つ

帰るとは飯を炊くことベランダの洗濯物を取り入れること

囲炉裏辺に男四人がもの言はず碁盤を囲む日暮れと言ふに

月の夜は人恋ふこころあそばせて塗り下駄はいてちよつとそこまで

ヘリオトロープ

むらさきのヘリオトロープをゆらす風むかし郭のひさしの下に

ニュータウンの公園にあそぶ妻たちにセールスマンが墓地を売りに来

子供らが家に小石を投げるゆゑ鬼面をかぶりて塀からのぞく

日が落ちてうすくらやみに少年が擦れちがふときおじぎをしたり

山も田も川もあることがうれしくてこの地に住みて老いゆかむとす

裏通り選びてひとり歩きをり札所があれば頭をさげる

リタイアの男友達ただいまは料理に夢中とレシピをきいてくる

啄木を茂吉を語り夜をふかす鰆のたたきがとろりと甘く

別れる理由

高台寺夜咄茶会に出向かんと手燭の持ちかたのお温習《さらひ》をする

匂ひ袋を袂に入れて待ちてをりホテルのロビーの人混みの中

お茶席の右も左もお師匠さん足は痛いし肩はこはばる

袋小路のわが門先の寒牡丹盗んでゆきしは何処の何奴

この夕べまことに機嫌の悪きひと蛸さへ逃げだす鍋の中から

袈裟を着しままの僧侶とその妻が別れる理由をくどくど話す

チャールトン・ヘストンの死去と前登志夫死去のニュースが新聞に載る

竹箒で庭に筋目をつけながら蟬の鳴くのもそろそろと思ふ

名前は琥太朗

うぶこゑは高く大きく生まれたる我が初孫の名前は琥太朗

心配ごとあるたび陽気にふるまひしわが性われを悲しくさせる

ひとつ思ひ遂げえぬままの昨日今日夢ばかりみて夢に疲れぬ

渋江村小渋江といふ名のふるさとに渋江橋といふ石橋ありき

石橋より川に飛び込み遊びたり剛ちやんもゐて新ちやんもゐて

炬燵に入ればすぐうとうとするわれに「老いるな加代子」と叱咤する声

長谷寺

十一面観音菩薩の臍の辺のふくらみ工合はわたしと同じ

牡丹の花いまだ咲かざる長谷寺の観音様の足なでさする

クロワッサンを一口かじりおいしいと差し出す人と旅を続ける

嫌なこと度かさなればわが心の悲鳴のごときヘルペスは出づ

妹に泣きごと少し言うてみて家に帰れば余計かなしい

いい時もあつたんだものこれしきは栗飯たべて遣り過ごせさう

潮の香り

ワイシャツを脱ぐたまゆらを匂ひくるこれは潮の香あなたの匂ひ

庭に出しし七輪で夫が秋刀魚を焼きわれは大根をひたすら下ろす

もはやもうときめくことなどなき夫よばんざいさせてパジャマを着せる

帽子掛けのグリーンの帽子ハンガーのグリーンの上着は夫の散歩着

今朝もまたジャンパーのファスナー噛ましゐる夫に手をかさず納豆をまぜる

ストーブには豆が煮えつつ紅梅の蕾に赤き陽が射してゐる

青い自転車

提灯屋上原商店ゆふぐれを明かり灯さず主がをらぬ

願ひごとあれども言はず流星を足の先まで冷えつつ仰ぐ

美術館前の手相見が消えてよりあの木の椅子には誰も座らぬ

持主を捨てたのだらう白鳥の餌場のそばの青い自転車

鰆を釣る船が出でゆく備後灘花のごと舞ふ鷗をつれて

Ⅲ

ゴッホの「ひまわり」

あなたはもつと理性的だと思ひゐしにただうろうろと煙草をふかす

病室の真白き壁にレプリカのゴッホの「ひまわり」の絵を掛けてみる

目をあけることがご主人には重労働と主治医が言へり鳩の鳴くころ

酸素の管・点滴の管ひき抜きて家に帰ると言ふを押へつける

帰りたい帰りたいよとモルヒネが切れるたんびに起きて夫は泣く

「母さんを守ってやらんと」と譫言《うはごと》に夫が言ひしと看護師が言ふ

癌転移は脳にも肺にもリンパにもでもまだ右手がわづかに動く

友人の僧侶の土師《はじ》さん夫の手をなでつつ死ぬな死ぬなと泣きぬ

夫のたましひ

春雷ののちの小川に水あふれいづこを行くや夫のたましひ

さみしくはあらねどひとり抜くワイン鬼でもいいから出て来ておくれ

明け方にいかづち空にひらめきて迷ふばかりのわたしを照らす

久しぶりの夕立なれば犬を連れ濡れて田圃の畦道をゆく

山鳩のこゑ

軒下に干されし大根に陽が差して屋根の上には山鳩のこゑ

この路地を右に折れると「はしまや」なりさみしい昼は反物を見よう

運河には小舟が二艘つながれて旅館「倉敷」あかりを灯す

ワインを飲むわが傍らに父がきてほどほどにしてというて消えたり

まつ青な空があるから大丈夫庭のさくらも明日にはひらく

七草絵巻

夢にきてうまさうだねと夫が言ふ薄いピンクのポロシャツを着て

仏になりてしまひし夫に選びをり七草絵巻の回転灯籠

剣道の防具の袋の暗闇に亡夫の匂ひが静かに眠る

をさならの吹くシャボン玉に包まれてわたしの憂ひも運ばれてゆく

臼杵石仏

わがこころ浄化されゆく思ひにて臼杵石仏阿弥陀像あふぐ

花傘のごとき海月の朱の色が臼杵の海の波に漂ふ

怒ること出来ぬばかりに偽りを今日も重ねて疲れて眠る

さくら花ちり来る下に立ちをればわが身もすこし色づく思ひ

花くらき倉敷川の小舟にて白無垢姿の花嫁が来る

見に行かなともに行かなと幾春の過ぎしを思ふかの山ざくら

休館の考古館前の石橋に人力車の車夫が川を見てゐる

啄木の『ローマ字日記』

啄木の『ローマ字日記』の四月十日支離滅裂と思へどたのし

青楓夕べの雨に雫して貨物列車の重き音する

夜光虫すくひて遊びしかの夜の波にきらめきしわれのてのひら

ビル街の昼火事を見る人の顔みなにこにことしてゐるやうな

終電に乗らんと駅の階段をかけ上がる力まだわれにあり

年取るのも悪くはないぞ具だくさんのおからが今日もおいしく炒られて

秋の風吹けば恋しい火の匂ひ庭でしばらく落葉をもやす

百歳のばばさま

畝に立ち稲穂の重みたしかめし百歳のばばが刈つてよしと言ふ

文具店「うさぎや」に来て四Bの鉛筆五本と消しゴムを買ふ

白桃をおしりみたいといふ孫がしきりに蜜をしたたらせて食ふ

うまさうな無花果・茄子・胡瓜盗つて食ひたき朝の散歩路

雨の夜を三歳の子に読む『ごんぎつね』ごんが撃たれてしまふおはなし

莫蓙の上で牛蒡をけづる丸き背の祖母がゐたりき竹野といふ名の

振り香炉のごとくに香る桐の花その香は祖母の柏餅のにほひ

骨董屋の屋根の上なるビクター犬百匹そろつて左耳をたてる

古書店には看板犬の麻呂がゐて寄れば来たかといふ顔をする

栗おこは炊きて待ちをり争ひて雪のなか出てゆきたる者ら

二人子に仕送りをしてゐしあのころの我が人生は耀いてゐた

かあちやんが一番と言うてくれることもうないだらう娶りし息子

百ほどの鴨が水面にさわぎゐて水の流れの音が聞こえぬ

ふる里の納戸にありし大小のつづらの中を思へど分からず

柿の木に豆つぶほどの実が生りて蝸牛が角をゆらしつつ這ふ

この花を好きだと言ひし人の名も花の名前も思ひ出せない

帰省せし子と夜更けまで話せども話せどもつひに交じることなき

バスクの石畳

歩いても歩いても疲れない靴をはき石畳ばかりのセゴビア歩く

雷のふるふるバスクの石畳の隙間より咲くアマポーラの花

ホタ川に囲まれてゐるトレドの街エル・グレコが住み暮らしたる街

ピカソの絵「ゲルニカ」のあるソフィアには水色のスカーフは外してゆかむ

市場にはイベリコ豚がぶら下がりピントはづれのガイドの説明

パエリアの上のパプリカ・えび・あさり幸せさうに貝は口あけて

九谷の皿

唐津屋の九谷の皿に描かれたる鶺鴒の尾は水に触れをり

青年と夫とのかかはりは知らねどもマスカットを供へて泣きてゐるなり

奥入瀬

奥入瀬の渓流二十キロを歩かむとリュックに小銭と水筒入れる

五十年大切に思うて来しひとと今朝は雲井の滝のぞきをり

奥入瀬の阿修羅の流れに沿うてゆく万の蛙の声ききながら

手文庫

どくだみの花咲くときが旬といふ鯖を買ひたりばら鮨にせむ

亡き祖父の手作りといふ手文庫には三つのわたしと曾祖母の写真

ひとり居のゆふべ聞こえて炊飯器の「ご飯が炊けました混ぜて下さい」

形を変へ流るる雲を仰ぎつつ夫に告げたき事をつぶやく

わが夫が逝きて三年追ふがごと妹の夫が柩に横たはる

「家庭画報」の浮き世ばなれのグラビアの洋服も宝飾も見るほど疲れる

朝霧をゆらして遊ぶ鴨のむれ鴨の寿命をわれは知らねど

鴨の群れ日ごと増えゆく六間川に何を釣るのか釣り人ひとり

蛸飯食べに

縁先で笊に干したる白菜を裏返しをり祖母がしてゐしやうに

老いては子に従へと子は言ふけれども少し子には従ひたくなし

妹がまたさみしいと言ふからに鮹飯食べに「鬼の厨」に

長の子結婚

教会での司祭の言葉に泣けてくる「赦し合いなさい・愛し合いなさい」

結婚の宴は終はり北山の竹の葉ずれにわれは涙す

蚊取り線香を点すはマッチとこだはりて夕べの時がゆるく流れゆく

天文台の向かひに住みゐし剛ちやんから台風見舞ひのメールが届く

何の神を信ずるにあらず夏の野に地蔵いませば地蔵に祈る

つはりの嫁に

蟋蟀のこゑを聞きつつ荷造りすつはりの嫁に葡萄を送らん

昭和百年おまへはいくつになるのかと夢にて聞きしはわたしの父さん

夕焼けのうしろには何があるのかと三つの孫がしきりに尋ねる

冷えし手に息を吹きかけ温めやれば孫はうつとり眼を閉ぢる

その昔の紡績工場の中庭にて独楽を回してをさなと遊ぶ

芥子粒ほどの妄想なりしが空をゆくアドバルーンほどになりてしまひぬ

真夜ラジオの森繁久彌の「枯れすすき」いつかたれかが唄うてくれし

いま思へば嫉妬といふがなつかしいわれの妬心は衰へ果てて

竹林の坂の上なる土俵にはちぎれし御幣が白く散りをり

このごろはありがたき事にも涙する今朝は門先に置かれし南京

土曜日は日の暮れまでも子はあそぶ落葉に集まる雀のやうに

名月は見えねど恃む九人に増えたるわたしの家族のことを

はたた神家をゆすりてひびく夜にわれは噛みなづむ海鼠ひときれ

口紅ひきて

抗癌剤で難儀してゐる姉なるに口紅ひきてほほゑみて見す

一つ上のいつも母親のやうなりし姉よ今こそ頼つてほしい

オーロラを恋ひつつ長く病む姉は星を仰ぎてときめくといふ

没りゆきし日の残したる朱の色が病む姉のゐる医院をつつむ

生命については何も判らないと言ひて逝きたる荒川修作

命日の今日は朝から伽羅を焚く「司」でほほゑむ夫の写真に

どうしても「睡蓮」を描きし画家の名が思ひ出せないあやふさにゐる

桜の花しきりに散らす風のなか地蔵のやうに日向に座る

睡蓮鉢に生まれしめだか蛙の子こゑなきものがざわざわ動く

遠花火指さしながら声あぐる喃語の孫に喃語でかへす

アンティークショップ

浮き名などつひぞなかりし夭折の父思ふ夜を鉦叩き鳴く

白雲が西へ流れて消えてゆくこんな消えかたもいいかと思ふ

たとふればピオーネの深きむらさき色夕日の沈みし後の稜線

晩秋はことさら辛く思はれてアンティークショップの銀の十字架

野の道の小菊の下にかまきりが菜の花色のままにころがる

眼とぢ耳そばだてるこの犬は光ふる夜の何を聴きゐむ

「末ながく共に生きたし」と書かれゐる初春の絵馬をかすかに妬む

乳母車の孫が蜜柑を手に持ちて居眠りをする落とすでないぞ

温室のおほかた雪に埋まりをり雪かくひとのシャベルが光る

わたしには空気のやうな友がゐて木枯らしが小雀を空にばらまく

Ⅳ

小見山輝

壇上にてわが師が言へり今こそは茂吉に戻れ塚本を読め

西空の夕星あふぎ迷ひをり電話かけようか見舞ひに行かうか

大丈夫ですかと問へば大丈夫ぢやあないと言ふか細きこゑで

癒えましてふたたびを蕎麦屋「石泉」の主の蕎麦を食べむと約す

北極点に立つ

東洋の果ての日本より北欧の最果てに来てトナカイに触る

ユニクロのヒートテックを重ね着て葡萄酒を手にオーロラ仰ぐ

われひとり仰ぐオーロラ遠吠えの獣のこゑのごとき風音

オーロラは揺れにゆれつつその中に星ひとつありて動くことなし

三ユーロ払ひて乗りし路線バスはつかにジンジャーの花の香がする

ブルーベリーの茂みの中にトナカイがほつてり糞を落とすを見たり

わが犬「天」は

目も見えず耳も聞こえぬ犬なれど散歩の畦道ますぐに駆ける

わが腕にだきてゐたるにいつの間にかこと切れてゐしわが犬「天」は

犬の死が辛すぎるのか人の情けがありがたいのか涙がやまぬ

消えてもいいか

靄こめる朝の野原の靄の中に私は入りゆく消えてもいいか

竹の定規が川底に見えその上を一尺ほどの鮒がすぎ行く

営業に悪戦苦闘する息子を思へば切れぬ証券マンの電話

千年をそこに佇むごとくにして水辺の五位鷺うごくともなし

寅さんの像の前にて剛ちゃんが初恋の人は美枝ちゃんと言ふ

塗師

畦道に犬を連れたる塗師と会ひすれ違ひざまの漆の香り

あきあかねむれとぶ朝の川の上に消えゆきさうな秘め事ひとつ

朝空に溶け込むやうなうすき月身体丈夫ほか何もなし

空つぽの路線バス行く環状線の芙蓉の花を揺らすゆふかぜ

草生には虫のこゑ満ち車椅子押す少年を月は照らしぬ

せつなさの極みのやうに鳴く声は子犬と思ひつつ通り過ぎたり

身延久遠寺鬼子母神堂

しろじろと冬のさくらが咲いてをり身延久遠寺鬼子母神堂

修善寺の宿にいつまでも話しをり眠れば妹が居なくなるやう

われの鬱いもうとの鬱なひまぜにがんじがらめの月のあかるさ

修善寺の宿に月光さし入りてああ妹が美しく眠る

冬の星座が額うつごとくきらめくを見たるこの夜を覚えておかむ

昼月の下のベンチの妹よいつまでもわれに凭れていいよ

さくら鯛さげて月夜のあかるさに病みて久しい妹を訪ふ

モンマルトルの丘

体調のよき妹と企てるパリ・コレクションを直に見る旅

空港にてご夫婦らしき旅人に双子ですねと言はれてをりぬ

九時すぎてやや明けそめしパリの街セーヌ川の靄もうすれゆきつつ

ダイアナ妃の事故のありたるトンネルも名所のやうにガイドが言へり

モンマルトルの丘の寺院に燈が灯り明日は訪ねむスタンダールの墓

高層ビルの発祥の地はパリと言ふル・コルビュジェの造りしビル街

ジプシーの少女五人にかこまれておどされてをりカルチェ・ラタンにて

シテ島のレビーヌ広場を散歩するコートの人はたしかに岸恵子

ベルサイユ宮殿へ向かふ木立の中を蹄の音させ黒馬がゆく

菩提樹の森の中をゆく妹を霧がときどき隠してしまふ

だまし絵

エル・グレコ「受胎告知」のある街に生まれて離るることもなく来し

遠き遠き記憶の中の片恋が宝石のごと一瞬きらめく

モノクロのジェームス・ディーンのブロマイド『潮騒』開けばはらりと落ちる

眠られぬ夜ふけの独りのものがたり起承転結の結なきままに

ほんの少しさみしい時の遊びにて睦言のごとく独りごとをいふ

思ふこと遂げえぬままに一日過ぎ浄土からのやうに鐘ひとつ鳴る

消しゴムで消すがごとくに消したきこと私の言ひしあの嘘この嘘

今宵鬱は噴火寸前にてあれば蟹味噌さかなに「ルイ十三世」飲む

真夜の湯に過ぎゆく電車の音きけば憎む心がどんどんひろがる

エッシャーのだまし絵のやうにだまされて大真面目に待つ百年われは

ゑびす通りの角の帽子屋ほの暗く備前の壺には花もあらなく

もどらねばならぬ家ある疎ましさ糠床のぬかをかきまぜかきまぜ

筑前煮が絶妙に旨いと言はれをり刀自なるわれの歳月あはれ

ぬばたまの闇に春雪ふりしきる一期は夢よと狂うて見たや

ゴッホのことば「どこか遠くに行きなさい」どこへ行くかは明日考へよう

母をさがせど

腹水がたまりてゐしをうかつにも運動をせよと母を叱りぬ

肝臓癌の告知をされしは母なるに失神をしてわれが横たふ

つひの日の近しと思ふ母なれどトイレに向かふ一歩また一歩

昏睡に入りたる母がやはらかき赤子のやうに寝返りを打つ

若葉の山に若芽を摘みて共に食ふ母を探せどさがせど見えぬ

春草

春草のはじめの年を丹頂は啼きかはしつつ翼を広ぐる

竹筒を耳に当つれば風の音に鳥の鳴くこゑ混じりて聞こゆ

退路とも活路とも分からぬ辻にして鬼灯のごとき明かりが揺るる

裏木戸を押して帰りし東京の息子はこれが故里といふ

雪の夜はオセロゲームで遊びをり負けても負けてもまた始めから

信濃の雪

ちはやぶる神の火の山浅間山今朝は煙を雲にまぎらす

ここに来ていよよさみしきわが心信濃追分横なぐりの雪

横なぐりに雪は降りつつ暮れてゆく碓氷の尾根を鹿は越えしか

信濃なる浅間の山の地吹雪は火山灰土も塵も吹き上ぐ

浅間山鬼押出《おにおしだし》へと入りゆきし翁媼のその後《のち》知らず

旅の終はりをなほ無口なる人とゐる鬼押出の地吹雪のなか

山霧のただよふ場所にゐるごとき人の電話よいづべただよふ

落葉松の林に朝の陽のさしてベンチのわれに木ねずみが来る

名を呼べば

名を呼べば振り向くならむ逝きし人にカシミアのコートの背《せな》が似てゐる

犬を風呂に入れるはあなたの仕事にてあなたと呼ぶ人この世にはなし

母の眠る緑の森の見ゆるところ図書館の席はいつもこの位置

青空へ消えてゆきたるあげ雲雀あの世の父母の便りきかせよ

絵空ごと思ひて遊ぶ夜の更けの窓に動かぬ蝿が一匹

砕けしガラス

ゼブラゾーンに砕けしガラス月光に氷のごとくしづもりて光る

帰省の子の泥にまみれしスニーカーが玄関にあり戦《いくさ》には行くな

夜光虫すくひて遊ぶ神島の浜に産卵の甲蟹が動く

しやぼん玉とばすがごとくにしやべりたり春の初めの白雲の下

タキシード着たる老人が電車にてスピーチの稽古を小声でしてゐる

夕暮れの無人の駅の時刻表「特急やくも」が煽りて過ぎる

どの子もいい子

信号は赤にて座り待つ犬を見ながら待ちをり小学一年生

青空に白いシーツが乾きつつ男の子は風切りバットの素振り

しんどい時だれかがそばに居てくれることが何よりの薬と思ふ

連獅子の切手貼られし手紙から白くて薄いチョコが出でくる

朝夕に励むスクワットあとどれだけ励む体力気力のありや

睡られぬばあばのそばで寝てくれるどの子もいい子と頭を撫でる

あとがき

私は倉敷に生まれ、育ち、結婚し、二人の息子を育てた。会えばたちまち子ども心に還れる幼なじみも沢山いる。生まれた土地で年を重ねてきた幸せをつくづく思う。歌集出版を考えたとき、歌集名を『くらしき』にすることも考えたほどだ。

夫は九州人で、暮らしの中でさすが九州男児、と思うことがあった。しかし、九年前に膀胱癌が見つかりその憔悴ぶりは大変なものであった。その後、癌は転移したが、最期の一ヶ月まで自宅で過ごした。夫はいま、家から車で二十分ほどの「桜の花墓地公園」で眠っている。桜の季節には、夫の墓石のそばの日向に座り、花を仰いでほっこりしている。

夫は私の歌集上梓をどう思っているのだろう。私が短歌の友だちと旅行に出かけたりして留守にすることを寂しがっていたと、最近になって夫の友達から聞いた。私の心が短歌に傾いてゆくのが寂しかったのだろうか。でも今、夫はこの歌集を編んだ事を喜んでくれていると思っている。

短歌を始める前には近所の工房で陶芸を楽しんでいた。春先には広い野原で大がかりな野焼きをしたものだ。縄文土器、弥生土器などを焼き、燃えあがる炎を見守りながら仲間とお弁当を食べたことも思い出深い。家の中にも庭にも作品が溢れ、作陶は生涯の趣味になるだろうと思っていた。

そんなある日、歌作りを勧められ、迷う間もなく龍短歌会に入会した。平成二年の秋のことだ。たちまち歌の魅力、詠む面白さを知りいつの間にか工房から は足が遠のいていた。

思い起こせば私は学生のころから手紙を書くことが好きで、友人にたのまれ恋文などの代筆をしていた。それが結構評判がよく喜ばれていた。また父はたくさんの日記を残していて、私のことをたびたび書いていた。書くことが好きだった父にわたしは似ているように思う。

この歌集は三十年近い間に詠んだ中から三七三首に自選した。Ⅰ・Ⅱは夫が病気に侵される前、Ⅲ・Ⅳは夫を送ってから後の歌で編んだ。

歌を始めたばかりの頃、作文のような歌しか詠めなかった私は生涯の師である小見山輝先生に厳しく、また丁寧に指導していただきました。あたたかく見守りつづけて下さった先生にあらためて厚くお礼申し上げます。

先生は昨年、突然亡くなられ、この歌集をお見せできないのはまことに残念です。ご冥福を心からお祈りいたします。

また歌の仲間があればこそ今日の日が迎えられたことを思いつつ、ありがとうと申し上げます。そして、歌集上梓を勧め励ましてくれた友人と、息子たちにも感謝します。

歌集の上梓にあたっては大変お世話になった砂子屋書房の田村雅之様に感謝

いたします。また装丁の倉本修様には、私の勝手なお願いを汲み取っていただきました。ありがとうございました。。

桃畑の誘蛾灯を遠く見ながら　夏至の日に

宮本加代子

龍短歌会叢書第二七八篇

歌集　日向に座る

二〇一九年一〇月七日初版発行

著　者　宮本加代子
岡山県倉敷市福島五一六―一（〒七一〇―〇〇四八）

発行者　田村雅之

発行所　砂子屋書房
東京都千代田区内神田三―四―七（〒一〇一―〇〇四七）
電話　〇三―三二五六―四七〇八　振替　〇〇一三〇―二―九七六三一
URL http://www.sunagoya.com

組　版　はあどわあく

印　刷　長野印刷商工株式会社

製　本　渋谷文泉閣